펑계에도 거리가 있다

작가기획시선 043

펑계에도 거리가 있다

박홍재 시조집

작가

서두르지 않으면서 천천히 걸으리라

뜻 세워 가는 길에 여유롭게 살펴 가며

빈손에 무거운 짐도 필요하면 짊어지리

2025년 여름
박홍재

차 례

2부
가뭄을 견디어내는 뱃심까지 지녔다

4부
지금은 멀다 하여도 언젠가는 만나리

1부
선입견 무서운 짐작 고정관념 틀을 깬다

기계杞溪와 기계機械

고향이 기계杞溪라면 놀라며 다시 묻고

기계杞溪 중학 나왔다면 또다시 갸우뚱해

선입견 무서운 짐작 고정관념 틀을 깬다

기계과機械科 진학해서 기계機械를 다루었다

똑같은 발음 땜에 친해지고 깊이 알려

기계杞溪와 기계機械 사이에 버팀목은 기계다

풍선 나무

봄비가 내리는 날 호흡부터 길어진다

아랫배 깊숙하게 맑은 공기 빨아들여

천천히 입김을 모아 봄을 불어 넣는다

펼치는 치맛자락 봄바람 잘 만났다

날마다 잎사귀가 가지마다 부풀려서

나무는 풍선이 되어 둥그렇게 자란다

그믐달

짧아도 단호하게

밑줄 쫙 그어 놓고

순식간에 사라져 간

어느덧 태어나는

어둠이

깊어질수록

빛이 되는 어머니

뻐꾸기시계

안방에 보금자리 장만할지 몰랐는데
때때로 교환하는 눈빛 속에 정이 든다
어쩌다 한 눈 팔 때면 당황해서 달랜다

안 울면 안 운다고 자주 울면 시끄럽다
식구들 그 속내를 알아채기 힘들었다
내 할 일 잊지 않으려 또박또박 걷는다

뻐꾸기 구령 따라 생활 방식 돌아가고
울음도 높낮이가 발맞춰 달라지면
한자리 귀한 대접에 어깨 으쓱 살았다

꼬리연

하늘 높이

날아올라

어머님

찾아주렴

계신 곳

보이거든

꼬리 살랑

흔들어라

연실에

내 마음 묶어

무더기로

보내리

당산나무

외로 꼰 새끼줄이 한지를 질끈 씹고

황토색 흙더미가 맴을 도는 신목 근처

저절로 두 손 모은 채 겸손했던 정초쯤

당산제 고수하는 토박이 말마디가

새롭게 이주해 온 신세대 목소리에

불편한 당산나무는 한쪽 팔을 잘라냈다

나룻배

물너울 일렁인 마을
너는 유일한 숨통

갈대숲 젖어 살아
마음이 흔들거려

지금도
노 젓는 물살
해종일 기다린다

불편을 깔고 앉아

혹시나 흠이 될까 공기마저 팽팽하다
깔끔한 분위기가 괜스레 어색해져
평소에 편하게 먹던 그 버릇이 나올까 봐

어깨가 찌뿌둥해 주위 한번 둘러보니
속마저 더부룩이 시비를 걸어온다
엇박자 오른손 왼손 미끄러져 엎지른다

잔잔한 클래식이 안단테로 조여오면
옆 사람 눈 피하니 생각도 꼬여지고
태연한 몸가짐 대신 잔기침을 뱉는다

무엇을 먹는 건지 된장국 생각나고
맘 편히 게걸스럽게 먹던 것 길들어져
국밥집 뚝배기 그릇 눈에 얼른 스친다

얼음판

당신이 건너서 온 아침이 싱싱해요

햇볕이 주는 유혹 견디지 못한 오후

자꾸만 기울어지는 꿀렁거려 슬프다

위험을 감지해서 마음은 기억해도

감춰진 요행 속내 돌아설 마음 없어

금이 간 얼음판 사이 도사린 채 숨겨요

몽돌

파도가
심술부려
자리를
밀어내면

버티다
못 버티고
떠밀려
흩어졌다

부딪고
장난을 치며
자르르르
자르르

핑계에도 거리가 있다

할머님 밭농사는
육신 갉아 먹는 좀비
날마다 허리 아파 앓으면서 아야! 아야!
일하지 마시라 해도 눈만 뜨면 밭에 간다

평생 하던 일 관두면
뭐 하고 살아가노
동무와 화투도 치고 쇠고기도 사 묵야지
손주들 연필 한자리 사줄 돈도 벌어야제

할매 일손 못 막는다
핑계에도 거리가 있다
손주들 모여 앉아 머리를 맞대봐도
뾰쪽한 대책이 없네, 할머니 곁 안 지키면

오늘도 아픈 허리
복대를 두르고서
호미를 지팡인 양 밭머리 들어서면
어디서 나온 힘인지 아들 손주 따돌린다

돌확의 둘레

암자 뜰 귀퉁이에 낙엽에 둘러싸여

하늘이 흘린 눈물 온몸 가득 머금은 채

수시로 하늘빛 풍경 새겼다가 지운다

산새들 지저귐도 우듬지 춤사위도

햇볕을 소복하게 담아도 보았다가

산그늘 내려올 때쯤 염불 소리 담는다

하루를 보내는 게 곰곰이 생각하면

눈물도 흘려보고 기쁨도 맛보지만

쌓는 공 받아내는 일 둘레마다 우주다

새순 돋다

지팡이 나란히 선 느티나무 고목 아래

그늘도 지쳤는지 기지개 켜는 오후

살아온 할머니 얘기 새순으로 돋아난다

문고리

갑자기 빠져버린 방안의 고리 하나
밀기는 쉬웠지만 당기긴 어려웠다
오가는 추의 균형이 멈춰버린 어둠이다

날마다 살 비비며 정이 깊어 가는 동안
뻣뻣한 내 마음을 따스하게 감싸 안아
악수는 우리의 관계 습관이 돼 닮았다

두 번째 새로 짓다

먹물 한 점 찍으려고 벼루가 분주하다
소리가 매 치려다 메아리로 날아올라
뒷산에 나뭇가지가 휘어지는 순간이다

이따금 둘러보는 뒤란이 궁금하여
손 망치 놓칠까 봐 헛기침을 두드린다
서툴게 어긋난 곳을 저들끼리 킥킥댄다

설계도 점과 선이 기지개 꿈틀댄다
짜맞춘 직립 위에 가로누운 서까래 하나
기어코 한끝을 잡고 제 몫 가치 고집한다

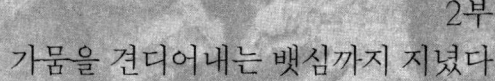

2부
가뭄을 견디어내는 뱃심까지 지녔다

기계천杞溪川

빗방울 품어 안는 기술을 가졌었다
무너진 하늘 자락 거뜬히 받아내며
속 깊은 기계천 속내 목마름을 지킨다

밑줄을 확 긋듯이 일회용 지나침이
뭉근히 기다리는 들판을 닮아 있다
가뭄을 견디어내는 뱃심까지 지녔다

메마른 곁과 달리 품어 둔 힘이 있어
언제나 준비되어 펌프를 꽂아대면
거뜬히 솟아오르는 펑펑 솟는 물이 있다

*기계천杞溪川 : 포항시 기계면에 있는 건천.

개밥바라기

— 어머니

빛나던 서쪽 하늘 붙박이 되고 싶다
사방에 번져오는 어둠이 조여오면
절정의 순간이 되어 더욱 빛을 발한다

가슴을 울렁이던 빛마저 빠져나가
내 눈과 마주치면 희미한 웃음 뒤에
어디로 꺼질 것 같은 두려움이 보였다

마지막 남은 온기 내 손에 쥐여 주며
별빛을 내쏟다가 새벽을 맞는 순간
끝내는 지수화풍으로 조각조각 흩어졌다

홍시

비바람 몰아쳐도
보살핀 햇살 덕에

담장 옆
먹감나무
잘 익어
낯 붉혔다

서너 개
쟁반에 담아
엄마 앞에 놓고 싶다

옹벽
— 아버지

세상은
벽으로만 된 줄로 알았더라
사방은
열렸어도 나에겐 벽뿐이었다
어머닌 벽이 아니라
뛰어넘을 산이란다

언젠가
넘을 수도 있을까 싶었지만
차라리
돌아가는 그 길을 찾게 됐다
아무리 두드려봐도
열릴 기미 없었어

숨 막힌
숲을 나와 거리를 활보하자
그 벽이
왜 거기에 버틴 것 알아냈다
또 다른 벽을 향해서
당당할 수 있었다

그립다

엄마의 목소리가 날 찾던 골목마다

해거름 산 너머로 아린 목에 걸려 있다
동무와 어울려 놀던 그 시간도 스친다

이제는 낯선 사람 들어와 사는 집들
어쩌다 한두 집만 옛 모습 유지한 채
뛰놀던 어린 풍경은 찾아보기 힘들다

또래들 스무여 명 반들거리던 골목들이
발 디딘 흔적 없어 잡초만 무성하다

담 너머 엄마 목소리 들릴 것만 같은데

내 고향

소금기
물씬 배어 동산 넘는 아침노을

벌판을
건너와서 문설주를 잡아챈다

영일만
뱃고동 소리 묻어오던 고향집

첫 물 뜨다

밤하늘 별빛 달빛 이슬방울 품어 안은

동네 우물 첫 손님은 흰 수건 엄마였다

드므에 첫물을 붓던

시원하던 그 소리

어둠을 걷어 내고 새벽을 열던 그곳

이고 오며 찰방찰방 그려 놓은 담장 아래

어머니 발걸음 자국

물맛 보러 고향 간다

아만은 버려야지

머릿속에 담겨 있는 얕은 생각 주저리가
한 걸음 내딛는데 더 없이 발에 챈다
저 혼자 몸에 밴 행동 똑바르다 착각하고

전문직 사람들의 잘못된 버릇처럼
자신이 기준인 양 꿍꿍이 그 속에는
남들이 하는 이야기 모르는 채 살았다

자신만이 가진 습관 그것이 기준인가
지켜야 하는 것들 어긋난 줄 모르고
굳어진 내 버릇대로 싹둑 잘라 지낸다

지켜야 이겨낼 수 있는 게 아니던가
울타리 걷어내고 손 내밀어 잡아보면
지나간 어리석음이 귓불 붉어 아리다

쌈 한 입 건네다

아들딸 다 떠나고 단둘이 마주 앉아

두레반 푸성귀가 된장 위에 고기 한 점

젊어서 애먹인 사연 쌈 속 깊이 감췄다

주름 팬 얼굴에는 힘든 날들 녹아들어

불통의 사연들이 줄을 지어 얽혀 있다

견뎌 준 아내의 마음 쌈 한번 싸 건넨다

코로나 시간

― 손자

일상이 꽁꽁 묶여 못 만나 안타깝다

뜸한 틈 비집고서 오월을 맞이하여

웅크려 품었던 시간 맞닿으니 환하다

훌쩍 큰 대견함에 말까지 한마디씩

처음에 오래 못 봐 낯설다 익숙해져

손주 놈 화들짝 안겨 제 자리를 찾았다

흙벽돌집에 눈 꽂히다

등업령 맑은 물이 앞내 되어 산을 읊고
토종벌 잉잉대는 낙엽송 바스락에
찰지게 다진 흙벽돌 백두대간 지고 섰다

십여 년 땀방울에 모퉁이는 닳고 닳아
손때 묻은 연장들이 힘에 부쳐 기댄 벽에
차 한 잔 목을 적시는 물소리가 정다웠다

창호지 장지문 틀 세상과 소통하려
묻어온 지푸라기 풀어 놓은 찻상 위에
단아한 주인장 맵시 여유로운 웃음 있다

겉보기 얼기설기 어설픈 흙이지만
볏짚이 단단하게 안과 밖 다잡아서
외딴집 머무는 바람 흙벽돌집에 눈 꽂히다

별이 되다

내 누이 짧은 생은 별똥별로 스쳐 갔다

엄마의 한숨 속에 별이 되어 떴을 거야

아버지 깊은 마음속엔 바윗덩이 박혔지

누이와 종종걸음 까꿍 하며 숨바꼭질

횟대 보 뒤에 숨어 까르르 웃던 모습

한 번씩 쳐다본 별빛 그 눈망울 떠오른다

엄마가 보고 싶어 밤하늘 올려보니

큰 별과 작은 별이 사이좋게 얘기하네

혹시나 소리 들릴까, 귀 세워보는 오늘 밤

노랑 버스

앞집은 할아버지
할머니 건넛집에

아빠 손 잡은 아이
노랑 버스 기다린다

눈웃음
나누는 인사
아이들은 또래다

귀 닳은 주걱

급하게 외출하는 아내를 대신하여
서투른 설거지를 오랜만에 하는 시간
귀 닳아 오래된 주걱 손에 들고 멈칫 섰다

대문을 나서면서 당부하던 아내 모습
뒤태가 마침맞게 귀가 닳은 주걱 같다
태연히 감췄던 웃음 설핏하게 스친다

젓가락 숟가락과 물에 잠긴 밥그릇이
막연히 올려보는 내 모습 보는 것 같다
한 끼도 거르지 않고 밥을 푸던 천사를

한글 깨치기

누나가 가갸거겨
배우는 곁에 앉아

곁눈질 어깨너머
한자씩 읽힌 한글

닿소리
홀소리 합친
놀이하며 배웠다

3부
느긋이 피어난 꽃은 이제 한창 싱싱한데

팽나무

올곧게 서보려고 마음을 추슬러서
가지가 하나 나와 균형을 잡아간다
또 하나 가지가 돋아 바람에도 끄덕없다

물관을 활짝 열면 강물이 일렁이고
나뭇잎 목을 젖혀 하늘 품어 안는다
팔뚝에 불끈 솟는 힘 들판 가득 펼친다

사는 것 살다 보면 갖가지 일 생기듯
곁가지 키우는 맛 살가울 일이라서
아우른 나무 아래에 모여드는 사람 있다

여우 목도리

모가지 서늘하여
손으로 더듬는데

곁에 선 그녀 목에
여우 털, 목도리가

혀 날름
뾰족 내밀며
약 오르지 눈짓이다

굽었던 골목

견습공 작업복은 옷소매 보면 안다
틈도 없이 불러대는
선임자 호출 따라
쇠 깎는 선반 곁에서 기름때가 절었지

기술을 배워야만 배곯지 않는다는
아버지 당부 말씀
가슴 깊이 새겨 담아
궂은 일 뒤치다꺼리 재빠르게 배웠다

요즈음 컴퓨터로 프로그램 입력하면
저 혼자 척척 알아
생산하는 자동선반
손톱에 때 끼던 시절 생각조차 않겠지

볼트와 너트

잘못된 것 한두 번씩 뒤집어 기름 치듯

붙박이로 한 곳에만 눌러앉아 있다 보면

무료한 자신의 몸짓 잊고 살기 마련이다

헐거운 너와 내가 스패너에 몸을 맡겨

맞물려 잇닿은 길 곗 디디어 닿는 거기

흔들려 다시 조인 하루 앙다물기 마련이다

접시꽃

꽃대 위 꽃송이는 뭐 그리 바빴는지

일찌감치 피었다가 그렇게 빨리 지나

느긋이 피어난 꽃은 이제 한창 싱싱한데

모델이 지나가듯 쓱 한 번 바라보고

커튼 뒤 사라지는 그 모습 안타깝다

눈 맞춤 나누고 싶어 입술 살짝 깨문다

툭! 던진 말

누군가 툭 던진 말 언제나 그늘뿐이고

부글부글 속 끓이면 찔리고 또 찔려서

가시가 가시로 돋아 박힌 가시 찌릿하다

생각을 버무리고 천천히 아우르며

가뿐히 받아들여 너털웃음 웃는 여유

되새겨 가다듬으면 무뎌지기 마련이다

신문 사절

어디로 사라졌나 낙엽만 구르는데
며칠을 대문 앞에 바람맞고 견디었다
주인님 대신하는 말 신문 사절 쪽지만

신문값 떼였다고 총무의 엄포 앞에
새벽을 배달했던 발품과 땀값까지
배달료 뭉뚝 떼고서 받아 들던 새벽 값

제값 한다는 게 알뜰히 사는 건지
노동의 보상 앞에 값으로 따지지만
흘린 땀 짐칸에 싣고 떠나버린 한 달 치

한 달에 백팔십 원 이십 원 올랐다고
신문을 사절하던 샐러리맨 주머니가
손 시린 배달 소년은 눈에 들지 않던지

가뭄

몸에 밴 물기마저
송두리째 걷어 가고

모른 척 지나가는
구름 한 점 미운 짓에

메말라
쩍 벌어진 틈
고개 떨군 풀잎 하나

평균 강수량

구름이 떠돌다가 문틈을 비집고서
갸우뚱 어디 갈지 망설이고 있습니다
아직도 정신 못 차리는 저쪽 가뭄 지나가고

그래도 무료해서 장난을 치고 싶어
우르르 몰려가서 난장판을 칩니다
안 오면 손가락질하며 호들갑을 떨더니

예전에 편안하게 목마름 달랬는데
저마다 바쁘듯이 나 역시 일이 많아
한 번에 쏟아놓고서 또 다른 곳 갑니다

하늘은 그릇이 커 나쁘다고 하지 않아
그래도 안타깝다 골고루 나눠야지
솔직한 구름의 생각 들어보고 싶어진다

8분 20초[*]

먼 거리 달려와도 지치지 않는 힘은
세상을 닿은 시간 누구나 공평한데
기회는 열려 있어도 누가 잡나 문제다

건네는 한마디 말 닿아야 할 수 있어
나에게 던진 눈빛 알아채고 행동할 때
또 다른 누구를 향해 새로움이 태어난다

인연의 입맞춤도 너와 내가 만들 듯이
곳곳에 널려있는 숨탄것 뜻에 따라
쌓였던 순간이 모여 빛 가지려 애쓴다

[*] 8분 20초 : 태양 빛이 나에게 닿는 시간.

터

고려 때 유배지로 외토라진 톳 고갯길
북향을 바라보면 읊었던 정과정곡
나 여기 찾아 들었네, 삼십 년을 살았네

아담한 배산 아래 수영강 흐르는 곳
거칠산국 터를 잡고 면면히 이어진 터
내임을 그러사오니 한 대목을 불러본다

수영강 물굽이는 갈매기 날개 위로
바다로 흘러들며 어울려 보라 한다
맴도는 나뭇잎 위에 얹어 보는 발걸음

노익장 이발사

손놀림 보드랍게 낭랑한 목소리에
녹아든 남자 손님 미용실 몰려가며
삼색 등 돌아가 봐도 대문 앞은 횅하다.

머릿결 쓸어 담으며 곁눈질로 배운 기술
근근이 자리 잡아 이슥토록 버텨왔다
무뎌진 가위질 탓도 한계치에 다다랐다

또래들 단골들이 아직은 심심찮다
세상에 떠도는 말 주고받는 그 재미에
의자에 푹 눌러앉아 면도하는 맛이란다

드릴 작업

트위스트 소용돌이 날카로운 날 끝으로
네 속을 속 시원히
꿰뚫어야 하는 거다
옆구리 이곳저곳에 굵고 작은 구멍 내며

내 뜻을 거부하며 버티는 네 몸짓에
화약 성분 뒤범벅된 절삭유를 뿌려댄다
스펀지 물이 스미듯 한 눈금씩 점령된다

서서히 가슴 한쪽 무너지기 시작하면
기회를 잡은 만큼 네 모습 형성되어
단단히 암수 나사를 조여 가며 옭아맨다

소머리 국밥

주인장 하는 말이 구수한 국밥 같다

미아리에 태어나서
떠돌며 살다 보니

바닷가
갯내 맡으며
국밥 말아 퍼 나른다

잡초 출석부

우리 집 텃밭에는 참깨잎 고구마 잎
채소잎 잘 크는지 눈도장 찍으러 간다
잡초는 명단에 없다, 줄도 없이 서 있다

이름도 모르는데 얼굴 든 낯선 풀들
몇몇은 퇴짜 놓아 안 올 줄 알았는데
무성한 잡초들끼리 출석부를 만들었다

얼마나 서러웠으면 곁들여 살아보려고
뽑아도 뽑아내도 기어코 비집고 와
모처럼 뿌려준 거름 손 내밀고 있을까

4부
지금은 멀다 하여도 언젠가는 만나리

흔들바위

꽁꽁 언 오름길도 도둑 걸음 걸어 올라
심호흡 설악 바람 뱃구레 넣은 힘을
대청봉 뒷배를 믿고 흔들어도 보았다

얼은 손 다독여서 내리막 빙판길에
한쪽 발 헛디디니 무지개로 휘어지며
접질린 손목 인대를 마등령이 당겼다

해지는 설악산에 마지막 남은 온기
빙그레 내려보며 염려하는 울산바위
제 앞길 챙기지 못한 뒤통수가 서늘하다

다람쥐 보살

절 마당
축대 위에
다람쥐 손 비빈다

보살님 기도 모습
눈여겨 살펴보고

얼마나
정성스러운지
부처님도 문을 연다

동강할미꽃

찬바람이 강물 위에
한눈을 파는 동안

겨우내 안방에서
꼼짝 않던 할머니들

바위틈
양지바른 곳
오순도순 모였다

산 너머 봄바람이
옆구리 사뿐하면

꼬리를 살랑대던
소녀 끼 되살아나

주름살
마주 보면서
웃음 깔깔 피운다

불두화

해인사 난간 아래
몽글몽글 피어 있던
객승이 알려주신
꽃 이름 잊지 않아
오뉴월 꽃 피는 계절 그 스님이 떠오른다

꽃처럼 살아가기
어렵고 어렵지만
끝내는 가야 할 길
헤매는 길이란다
지금은 불두화처럼 꽃 피우고 계실까

겁劫사랑

겁의 시간

한 방울씩

종유석

키워내고

석순은

받은 방울

그대 향해

커 갑니다

지금은

멀다 하여도

언젠가는

만나리

빈 병

냉혹한 가슴 푸는
한풀이 들러리로

채움이 다 닳도록
내뱉는 순간까지

스스로 상처 보듬어
속내를 채운다

울진 대왕송

결기를 곤추세운 붉은 빛 소나무들
소광리 길목 길목 천년 사지 받들었다
기꺼이 나라를 위해 차렷 자세 바르다

외통수 잘못 생각 저지른 행동 앞에
가지가 잘려 나가 한쪽이 기운 상처
용틀임 싹틔울 꿈을 다짐하는 저 기상

우주를 받들려는 저 몸짓 활갯짓에
용기와 박수 소리 메아리로 울리면서
능선에 하늘빛 모아 우뚝하게 서 있다

한번은 움츠려도 이제는 꿋꿋하리
사연을 되짚으면 새움이 돋을 테지
쭉 뻗은 대왕 금강송 가당찮게 자라리

챙 넓은 모자

톡 튀는 소프라노 다가선 손놀림이

어쩌면 인연이 될 예감이 앞에 선다

도전은 완성된 규격 발걸음이 출렁인다

하늘을 가리려고 엄두도 못 내지만

걸음과 네 맵시를 거들어 주는 것뿐

당신의 몸짓 하나가 나의 결도 높인다

못 떠나는 이유

산문에
들어보면
곳곳이 명당이다

스님께 손 모으고
— 참 좋은 곳입니다

— 좋아서
— 정을 못 끊고
— 여기 살고 있습니다

환풍기 절규

어둠 속 밝혀내어 너에게 말을 걸면
애타게 옹알대던 웅석 소리 난데없다
한 곳에 붙박이 되어 지칠 대로 지쳤다고

첫소리 요란하게 주위를 환기해도
반응이 별로 없자 악다구니 내지른다
눈물도 말라가는지 한 번씩은 수그리며

농밀의 시간 속에 소리도 굳어져서
한 방울 목마름에 목소리 쉬어간다
듣는 귀 부대끼어도 아직 너는 살아 있다

발걸음 듣자마자 울음을 터트린다
안쪽에 맺힌 소리 바깥으로 뱉어내며
단말마 메마른 목청 어둠 속이 싫었다

건조한 말

받아 든 휴대전화 그 말이 콕 찌른다
뭐라도 일해야지 그래 놀면 어쩌는가
그렇지, 놀고 싶어 노나 할 일 없어 놀잖니

바람에 실려 온 말 건성으로 듣자 해도
그 누가 일 있으면 오라고 해보라고
좋구나! 재무장하고 쏜살같이 갈긴데

백수 된 지 오래되어 노는 이력 붙었는지
딱 맞는 일거리도 하고 싶지 않은 거다
별스레 짜달 시리게 그냥저냥 살았는데

홍매화 피다

지긋이 눈감아도 산 너머 소식까지
한 잎씩 더듬더듬 어눌하게 돋아나면
카메라 담아내느라 찰칵찰칵 소리다

남녘을 향한 눈빛 기울어진 중심축이
기다리는 앉음새가 삼매에 들었는지
물소리 통도사 자락 자장 매가 머금었다

발소리 잦아지면 움츠렸던 마음조차
찬비를 받아 들고 젖은 몸 떨고 있다
골짜기 온기를 품어 봄 향기를 당긴다

새끼손가락

비바람 눈과 햇살
하물며 향기까지

장독대 옹기장 속
푹 삭혀 우린 맛을

콕 찍어
맛본 손가락
집안 내력 꿰찼다

탁발 나서다

겨울눈 푹푹 내려 먹이 찾아 내려왔다
주둥이 앞세우고 냄새 따라 찾은 절집
암자는 수런대다가 순간 숨을 멎었다

담장 안 힐끔대는 짧은 목 무거워서
공양간 보살님과 두 눈이 마주치자
탁발 온 멧돼지 가족 주린 배를 채웠다

사람이든 멧돼지든 굶주림은 똑같음을
허기 채워 떠난 곳에 우담발라 꽃이 피고
연분홍 꽃이 핀 자리 발자국이 선명하다

코로나 확진시대

시간제 알바 구함, 광고지에 눈이 꽂혀

알바할까 쳐다보는 아내의 강한 눈빛

아서라! 위험하구먼, 확진자도 늘고 있어

우리도 문 닫은 지 어느새 몇 개월인데

반찬값 한 푼 쓰기 선뜻 손이 안 가는데

부부의 마스크 대화 호흡 가빠 어긋난다

5부
마름질 만드는 손맛 되살아나 살맛이다

오죽烏竹

속살을 감춘 채로 지켜온 혁명의 뜰
돋보인 한마디가 올곧게 편을 놓아

휘감아 댓바람 들어
키만큼만 흔들렸다

다르다 말없이도 따돌림은 당연하게
힘겨운 스며들기 꾹꾹 눌러 참아내는

눈밖에 비켜선 자리
촘촘하게 서 있다

꼼꼼히 수선공

한 시대가 툭 끊어져 어디론가 사라졌다
문턱이 닳고 닳아 반질거린 이력 뒤에
허리는 툭 잘려 버려 꼬리 겨우 남았다

여닫이 덜컹대는 시장 옆 슬레이트집
겉보기 허름해도 속내는 알짜배기
꼼꼼한 바느질 솜씨 새살 돋듯 살아 있다

무엇을 하려는지 척 보고 뚝딱뚝딱
손때 묻은 줄자 꺼내 몸피를 재는 솜씨
마름질 만드는 손맛 되살아나 살맛이다

사춘기

젖을 뗀 어린 염소
심심한 봄날 즈음

뿔 두 개 근질거려
곁에 형 툭툭 치며

애꿎은
나뭇등걸에
속수무책 떠받는다

가계부 주차장

아파트 주차장에 빼곡히 담긴 자산

아침에 빠져나간 그림을 그렸다가

되갚아 제자리 찾아 자동이체 갚는다

몸 하나 빠졌다가 집으로 돌아오듯

용수철 귀소본능 그대로 닮은 채로

들었다 빠져나가는 가계부가 쓰인다

짝사랑 단발머리

기차여행 가는 날 목포만 생각해도
맨 먼저 떠오르는 짝사랑 단발머리
어긋진 남도 말씨에 나의 혼을 뺏겼지

중학교 갓 졸업한 소년의 여린 마음
사랑의 씨앗 하나 떨구고 사라진 후
반세기 지나는 동안 싹틔우지 못했다

카톡에 페이스북 곳곳의 사이트에
혹시나 하는 맘에 샅샅이 뒤져봐도
단발이 파마머리로 바꿨는지 안 보인다

시우쇠

함부로 나서기보다
어려운 그때쯤에

굽힐 때 꺾여주고
곧음이 본분이지만

부러질
절망을 위해
고개 슬쩍 돌린 게지

노부부 시골 장날

봄 소풍 나오듯이 사흘날 여드렛날
오일장 기다렸다
찬거리 사러 와서
장마당 구수한 흥정 말마디가 그리워

허리가 굽은 할매 손잡은 할아버지
기웃거린 난전마다 멀뚱히 곁에 서서
할머니 흥정의 시간 지켜보고 서 있다

꾸러미 싸준 봉지 왼손에 들고 가다
또 하나 보태지니 오른손 바꿔 쥔다
할머니 올려다보며
— 무겁거등 날 주소

— 괜찮다, 내가 들게
대충 사고 그만 가자
한 바퀴 더 돌자며 처다보는 눈자위에
살아온 정이 묻어서 끈적끈적 걷는다

가로등

피곤한 눈꺼풀을
이슬이 쓸어주고

등줄기 굽은 어깨
별빛이 다독여요

아직도
귀가를 못한
붉은 눈을 기다린다

트로이카 시대 이끌다

― 최동원

금테 낀 경남고생 최동원 등장하며
김시진 대구상고 김용남 군산상고
승리를 거머쥘 주역 자존심이 이글댄다

강직한 마음 하나 야구인 앞날을 위해
올바른 길 가는 의지 꺾이지 않는 투혼
선수회 선봉장 횃불 앞장서던 그 결기

투박한 말투처럼 던지는 강속구는
무쇠 팔 완투 승리 부산 야구 불씨 살려
응원가 부산 갈매기 야구장에 울린다

광안리 해변 보리밭

시골 들판 자라야 할 바닷가 보리누름

어른은 생뚱맞아 추억에 젖어 들고

처음 본 젊은이들은 보리밭이 낯설다

엉뚱한 맛이라야 입맛이 당기듯이

퍼 올린 각진 파도 후려 담은 바닷바람

청보리 까끄라기가 벼린 날로 다가선다

가득찬 것

연초록이 욕심부려 낙엽으로 변했을까
좋아라 뽐내는데 겨울바람 저기 오네
네 것이 더 커 보여서 내 것은 안 보였다

줄이려 줄이려고 마음만 다짐할 뿐
요것만 요것까지 야금야금 챙긴 마음
넘쳐 난 생각만 가득 쓸만한 건 하나 없다

도자기, 맛 입히다

다지고 치대어서 객기마저 쏙 뺀 자리

흙 속에 남아 있던 조흔색 돋아나면

겉멋 든 실금 하나도 칼집으로 다스린다

콧김 입김 버무려도 굳어가는 슬픔까지

불길로 초벌 재벌 짭조름히 간 맞추면

배시시 매화 꽃망울 돋을새김 앉힌다

다시 느끼다

배냇니 뽑아줄 때 자상하던 엄마 손길
잊고 산 세월 끝에 임플란트 갈아 끼면
여의사 섬세한 솜씨 어린 내가 되어 본다

고인 침 가져주는 달그락 공구 소리
다독이는 손놀림에 빠져들어 눈 감으면
갈가지* 놀림 소리가 귓가에서 맴돈다

*갈가지 : 윗니 빠진 어린이를 놀림조로 이르는 말

진주 귀고리를 한 소녀

중학교 미술 시간 불러내어 그려본다
그렸다 지우면서 다가가는 귀고리 소녀
쪽 모이 자연스럽게 짜깁기가 어렵다

입가에 엷은 미소 애틋함이 나오겠지
덧칠해 그랬을까 어색한 눈망울이
입주름 번지는 보색 뾰로통해 갸웃하다

흰수작 마음에선 풍기지 않을 모습
잔주름 없애니까 얼굴도 환해지는
풋솜씨 덧칠한 물감 미소 지을 순간까지

반곡지 데칼코마니

아침 이슬 받아먹고 부푸는 버드나무

물풀을 헹궈 놓고 산빛까지 끌어당겨

잎들이 여무는 동안 능청능청 그물 짠다

점 찍은 복사꽃잎 구름이 목말 타고

연초록 버들가지 끌어당겨 껴안으니

못물에 치맛자락만 차렵 들게 펼친다

이제는 고향 기계 쪽으로 돌아누우리라

— 박홍재 제3시조집에 부침

이승하(시인, 중앙대 교수)

이제는 고향 기계 쪽으로 돌아누우리라
— 박홍재 제3시조집에 부침

이승하(시인, 중앙대 교수)

　　박홍재 시인은 경북 영일군 기계면에서 태어난 촌놈이
다. 영일군이 1995년 1월 1일부로 포항시에 포함되면서
고향의 지명이 포항시 북부 기계면이 되었지만 촌놈이라
는 딱지는 떨어지지 않았다. 해설자가 처음부터 시인이 촌
놈임을 강조하는 이유는 나 역시 경북 의성군 안계면에서
태어난 촌놈이기 때문이다. 부모님이 내가 너덧 살 때 김
천으로 이사를 가 정착함으로써 내 본적지가 김천시 성내
동 201-1번지가 되었지만 지금까지도 촌놈이라는 딱지를
떼어버리지 못한 것과 비슷하다. 신경림 시인이 일찍이
「파장」이란 시에서 "못난 놈들은 서로 얼굴만 봐도 흥겹

다"고 하지 않았던가. 박홍재 제3시조집의 해설을 쓰기로 마음먹은 것은 말씀드리기 송구하지만, 기계초등학교, 기계중학교, 대구공고를 나온 것이 일단 마음에 들었고, 한국방송통신대 국어국문학과와 중어중문학과를 나온 것이 더욱 마음에 들었기 때문이다. 해설자는 고등학교 때 퇴학당해 대입검정고시를 쳐 간신히 대학에 들어갔기에 '못난 놈'을 보면 동류의식을 느낀다. 그렇다, 박 시인이 촌님이어서 촌놈인 내가 해설을 쓰지 않으면 누가 쓰랴 하는 생각이 드는 것이다. 일단 제일 앞머리에 있는 시조부터 보도록 하자.

고향이 기계杞溪라면 놀라며 다시 묻고
기계杞溪 중학 나왔다면 또다시 갸우뚱해
선입견 무서운 짐작 고정관념 틀을 깬다

기계과機械科 진학해서 기계機械를 다루었다
똑같은 발음 땜에 친해지고 깊이 알려
기계杞溪와 기계機械 사이에 버팀목은 기계다
　　　　　　　　　　　—「기계杞溪와 기계機械」전문

이력서인 듯도 하고 자기소개서인 듯도 한 이 작품은 당신 고향이 어디냐고 질문을 받았을 때 '포항 기계'라고 말하면 열에 아홉은 깜짝 놀라는 사례부터 얘기한다. 포항

'기계杞溪'라고 하면 포항종합제철을 떠올리면서 사람들은 곧바로 '기계'가 새로 생긴 지명인 줄 안다. 기계가 고향이라고 하며 곧이어 중학교를 어디 나왔냐는 질문을 받게 되는데 이번에도 기계중학교라고 하면 한 번 더 놀란다. 포항제철에서 세운 중학교라고 오해하기 쉬운 교명이기에 그런 것이다. 그런데 그는 공교롭게도 대구기계공고에 진학해서 하필이면 기계과에 들어가 기계를 만지면서 고교 시절을 보낸다. 이 무슨 운명의 장난인지, 장난의 운명인지. 둘째 수의 종장 "기계杞溪와 기계機械 사이에 버팀목은 기계다"에서 "기계다"를 "기개氣概다"라고 한자를 병기한 것이 낫지 않았을까?

아무튼 기계면에서 태어난 시인은 그곳에서 죽 성장하였고 중학교까지 마치게 된다. 중학교를 졸업하고 나서 고등학교에 가고 싶었지만, 집안이 몹시 가난했던 그는 경북도청 앞에 있는, 의자와 소화기消火器를 만드는 공장에 취직하게 된다. 이 공장에서 열심히 일하고 향학열을 불태우자 공장 사람들은 그의 고교 진학을 응원해 주는 것이었다. 그래서 고등학생이 되는 행운을 여러 사람의 도움으로 갖게 되는 것이다. 진인사대천명이라고, 매사에 성실하게 한 덕분이니 스스로 얻은 기회라고도 할 수 있다.

중학교 졸업 이후 대도시 대구에서 살게 되었지만, 시의 공간적 배경은 고향 기계면인 경우가 많았다. 나이를 먹으면 먹을수록 더욱더 고향 생각이 짙어지는 것은 무엇 때문

일까? 어머니와 함께 살았던 시간과 공간이 바로 고향 기
계였기 때문이다.

엄마의 목소리가 날 찾던 골목마다

해거름 산 너머로 아린 목에 걸려 있다
동무와 어울려 놀던 그 시간도 스친다

이제는 낯선 사람 들어와 사는 집들
어쩌다 한두 집만 옛 모습 유지한 채
뛰놀던 어린 풍경은 찾아보기 힘들다

또래들 스무여 명 반들거리던 골목들이
발 디딘 흔적 없어 잡초만 무성하다

담 너머 엄마 목소리 들릴 것만 같은데
　　　　　　　　　　　　—「그립다」전문

　오랜만에 고향에 가보았나 보다. 이제는 동네 집들도 낯
선 사람들이 들어와 살고 있고 어쩌다 한두 집만 옛 모습
을 유지하고 있다. 친구들과 뛰놀던 어린 날의 풍경은 남
아 있는 것이 없고 스무 명 아이들이 늘 놀고 있어서 반들
거리던 골목에 가보니 잡초만 무성하다. 그 골목은 엄마가

날 부르며 찾던 곳이다. "담 너머 엄마 목소리 들릴 것만 같
은데" 들을 수 없어서 참으로 그립다는 내용의 시조다. 엄
마, 어머니가 등장하는 시는 「그믐달」「꼬리연」「개밥바라
기」「홍시」「옹벽」「첫 물 뜨다」「별이 되다」 등 여러 편이
다. 그중에서도 가슴 아픈 사연이 담겨 있는 시조를 한 편
보자.

내 누이 짧은 생은 별똥별로 스쳐 갔다
엄마의 한숨 속에 별이 되어 떴을 거야
아버지 깊은 마음속엔 바윗덩이 박혔지

누이와 종종걸음 까꿍 하며 숨바꼭질
횟대 보 뒤에 숨어 까르르 웃던 모습
한 번씩 쳐다본 별빛 그 눈망울 떠오른다

엄마가 보고 싶어 밤하늘 올려보니
큰 별과 작은 별이 사이좋게 얘기하네
혹시나 소리 들릴까, 귀 세워보는 오늘 밤

―「별이 되다」 전문

　이 작품 속의 사연이 사실인지 아닌지 확인을 해보지
않았지만, 사연인즉 누이동생이 일찍 세상을 떴다는 것이
다. 아버지, 엄마의 가슴에 큰 못을 박아놓고 동생은 떠나

고 말았다. 시인은 두 번째 수에서 누이와 숨바꼭질하고 놀았던 그 날의 추억을 더듬고 있다. 세월이 많이 흘러 어머니도 돌아가셨다. 그래서 "엄마가 보고 싶어 밤하늘 올려보니" 큰 별(엄마 별)과 작은 별(누이 별)이 사이좋게 얘기하는 것이 아닌가. "혹시나 소리 들릴까, 귀 세워보는 오늘 밤"이니 얼마나 마음이 아플까. 시인은 나이가 들면 들수록 고향 생각이 나는 것인가. 제목 자체가 「내 고향」인 작품이 있다. 귀거래사歸去來辭라기보다는 수구초심首丘初心의 심정으로 쓴 것이다.

소금기
물씬 배어 동산 넘는 아침노을

벌판을
건너와서 문설주를 잡아챘다

영일만
뱃고동 소리 묻어오던 고향집

—「내 고향」전문

기계면은 바닷가에서 떨어진 곳에 위치하고 있지만, 영일만이 멀지 않아서 뱃고동 소리가 들리곤 했었나 보다. 아침노을이 문설주를 잡아챘다는 문장으로 되어 있는 초

장과 중장의 감각은 지극히 현대적인데 이 시조의 그림이 뇌리에 선명하게 떠오르게 하면서 더욱더 멋지게 마무리 짓는다.

"밤하늘 별빛 달빛 이슬방울 품어 안은/ 동네 우물"의 첫 손님은 "흰 수건 엄마"(「첫 물 뜨다」)였다. 그 엄마가 이고 온 우물물의 물맛을 보러 고향에 간다고 했는데 과연 그 우물이 여전히 그곳에 있을까? "황토색 흙더미가 맴을 도는 신목"도 없을 테고 "귀 닳아 오래된 주걱"도 없을 것이다. 아버지가 처음에는 아들이 농사짓기를 바랐지만 학교 선생님도 아내도 농투성이로 만들려는 아버지의 의견에 반대하여 기술을 배우라고 하자 아버지도 그들의 의견에 따라 자식의 어깨를 떠민다.

견습공 작업복은 옷소매 보면 안다
틈도 없이 불러대는
선임자 호출 따라
쇠 깎는 선반 곁에서 기름때가 절었지

기술을 배워야만 배곯지 않는다는
아버지 당부 말씀
가슴 깊이 새겨 담아
궂은일 뒤치다꺼리 재빠르게 배웠다

요즈음 컴퓨터로 프로그램 입력하면

저 혼자 척척 알아

생산하는 자동선반

손톱에 때 끼던 시절 생각조차 않겠지

                  —「굽었던 골목」전문

    소년공 시절의 애환을 담고 있는 가편이다. 기름때가 절어 있는 견습공 작업복을 입고 살아갔던 10대 후반. 기술을 배워야 배곯지 않는다는 아버지 말씀을 새겨들은 소년 박홍재 군은 불철주야 일을 하면서 기술을 배웠으리라. 요즈음에는 컴퓨터로 프로그램을 입력하면 선반이 자동으로 움직여 제품을 생산한다니 세상이 참 상전벽해로 변했다. 지금 세상의 인부들은 나의 "손톱에 때 끼던 시절"을 모른다. 불과 몇 십년 만에 천지가 개벽했다. 각 공장에도 AI가 많이 도입되었을 것이다. 시인은 기름밥을 먹던 그 시절을 다시 회상한다.

    트위스트 소용돌이 날카로운 날 끝으로

네 속을 속 시원히 꿰뚫어야 하는 거다

옆구리 이곳저곳에 굵고 작은 구멍 내며

내 뜻을 거부하며 버티는 네 몸짓에

화약 성분 뒤범벅된 절삭유를 뿌려댄다

스펀지 물이 스미듯 한 눈금씩 점령된다

서서히 가슴 한쪽 무너지기 시작하면
기회를 잡은 만큼 네 모습 형성되어
단단히 암수 나사를 조여가며 옭아맨다
　　　　　　　　　　　　―「드릴 작업」 전문

드릴로 강판이든 뭐든 꿰뚫어야 하는데, 그렇게 하자면
"화학 성분 뒤범벅된 절삭유"를 뿌려야 한다. 그럼 스펀지
에 물이 스미듯이 한 눈금씩 점령되는 것이다. 세상사의
법칙도 드릴 작업과 무관하지 않으리라. 힘으로만 하면 안
된다. 드릴 작업을 하면서 배운 인생 철학이 세 번째 수에
나온다. 우격다짐으로 밀어붙인다고 해결되지 않고 기회
를 잘 포착해야 하고, 나중에는 "단단히 암수 나사를 조여
가며 옭아매야" 드릴 작업이 완성되는 것이다.

시인은 자신의 신문 배달 시절을 회상하기도 한다. 마음
에 큰 상처를 입었던 일이라 꼭 써야겠다고 생각했을 것이
다. 이런 시는 상상력을 발휘하여 쓸 수 있는 것이 아니다.

어디로 사라졌나 낙엽만 구르는데
며칠을 대문 앞에 바람맞고 견디었다
주인님 대신하는 말 신문 사절 쪽지만

신문값 떼였다고 총무의 엄포 앞에
새벽을 배달했던 발품과 땀값까지
배달료 뭉뚝 떼고서 받아들던 새벽 값

제값 한다는 게 알뜰히 사는 건지
노동의 보상 앞에 값으로 따지지만
흘린 땀 짐칸에 싣고 떠나버린 한 달치

한 달에 백팔십 원 이십 원 올랐다고
신문을 사절하던 샐러리맨 주머니가
손 시린 배달 소년은 눈에 들지 않던지
　　　　　　　　　　　　　　—「신문 사절」 전문

　한 달 신문 구독료가 20원 올랐다고 신문 사절 종이가
대문에 붙어 있는 것이었다. 총무는 신문값 떼였다고 배달
료를 뭉뚝 떼었다. "새벽을 배달했던 발품과 땀값까지" 빼
앗겼지만 "흘린 땀 짐칸에 싣고 떠나버린 한 달치"였다. 억
울해도 어떻게 할 수 없었던 것이, 총무에게 따지면 당장
그만두라고 할 테니 그럴 수도 없고 분함을 꾹꾹 참을 수
밖에 없었던 어린 시절의 뼈아픈 기억이 한 편의 시조가
되었다. 아프니까 얘기를 하고 싶은 것이다.

　누군가 툭 던진 말 언제나 그늘뿐이고

111

부글부글 속 끓이면 찔리고 또 찔려서
가시가 가시로 돋아 박힌 가시 찌릿하다
　　　　　　　　　　　　　—「툭! 던진 말」 전반부

　말 한마디로 천 냥 빚도 갚을 수 있고 말 한마디로 사람
을 죽일 수도 있다. 툭! 던진 한마디 말이 가시가 될 수도
있고 비수가 될 수도 있다. 특히 현대문명의 찌꺼기라고
할 수 있는 인터넷 댓글은 연예인 여러 명을 사지로 끌고
갔다. 요즈음에는 시가 소통 불능을 부추기니 이 또한 보
통 문제가 아니다.

　냉혹한 가슴 푸는
　한풀이 들러리로

　채움이 다 닳도록
　내뱉는 순간까지

　스스로 상처 보듬어
　속내를 꺼낸다
　　　　　　　　　　　　　—「빈 병」 전문

　이 시조에서 가장 중요한 낱말은 '스스로'라는 부사다.
세파에 시달리거나 풍랑에 휩쓸려 목숨이 경각에 다다랐

을 때 자신을 구해주는 것은 남이 아니라 나 자신이다. 스스로 상처를 보듬어 속내를 꺼낸다는 것은 시작詩作 행위와도 관련지어 볼 수 있다. 공고를 나왔으니 대학을 공대로 정해 진학하는 것이 통례일 텐데 박홍재는 자신의 과거지사를 어떻게든 풀어내야 했고, 그 방법이 방통대에 가서 문학을 공부하는 것이었다. 특히 3장 6구에 매료되어 시조를 쓰기로 했다. 2008년에 등단해 7년이 되는 해에 세 번째 시조집을 준비하고 있으니 부지런히 시조의 밭을 일궈왔다고 보아야 할 것이다. 살아가면서 보니 나 혼자만 고생한 것이 아니다. 이 세상은 참 각박하지만 그래도 성실과 양심을 미덕으로 삼고 살아가는 사람들이 있는 것이다. 이 세상이 이나마 굴러가고 있는 것은 정치가가 정치를 잘해서가 아니라 장삼이사들이 부지런히 자신의 직분을 다하고 있기 때문이 아닐까. 아이가 받은 상처는 그 아이를 좌절케 할까 이를 악물고 일어나게 할까. 세파는 험하고 때로는 폭풍우도 불어닥친다. 손 시린 배달 소년은 수선공을 보고 인생살이의 방법을 배우기도 한다.

　　　한 시대가 툭 끊어져 어디론가 사라졌다
　　　문턱이 닳고 닳아 반질거린 이력 뒤에
　　　허리는 툭 잘려 버려 꼬리 겨우 남았다

　　　여닫이 덜컹대는 시장 옆 슬레이트집

겉보기 허름해도 속내는 알짜배기
꼼꼼한 바느질 솜씨 새살 돋듯 살아 있다

무엇을 하려는지 척 보고 뚝딱뚝딱
손때 묻은 줄자 꺼내 몸피를 재는 솜씨
마름질 만드는 손맛 되살아나 살맛이다
                              —「꼼꼼히 수선공」 전문

참 멋있다. "손때 묻은 줄자 꺼내 몸피를 재는 솜씨"도
훌륭하지만 "마름질 만드는 손맛 되살아나 살맛이다"라는
결구는 화룡점정이다. 우리는 이런 '꼼꼼히 수선공'들이
있기 때문에 그래도 숨 쉬며 살아갈 수 있는 것이다. '노익
장 이발사'도 '소머리 국밥집의 주인장'도 마찬가지다. 묵
묵히 자신의 자리에서 최선을 다하는 사람이 아름답다. 시
인 자신 그런 삶을 살아왔기에 그런 사람을 기리는 것이려
니. 전설적인 야구선수 최동원도 바로 그런 사람이 아니었
을까.

금테 낀 경남고생 최동원 등장하며
김시진 대구상고 김용남 군산상고
승리를 거머쥘 주역 자존심이 이글댄다

강직한 마음 하나 야구인 앞날을 위해

올바른 길 가는 의지 꺾이지 않는 투혼
선수회 선봉장 횃불 앞장서던 그 결기

투박한 말투처럼 던지는 강속구는
무쇠 팔 완투 승리 부산 야구 불씨 살려
응원가 부산 갈매기 야구장에 울린다
　　　　　　―「트로이카 시대 이끌다 ― 최동원」 전문

　최동원은 야구만 잘한 것이 아니다. 물론 한 해 야구를
결산하는 코리안리그 때 4승을 따내 롯데자이언츠 야구단
에게 우승을 선물한 주역이었던 최동원의 무쇠 팔을 논외
로 칠 수 없지만, 그는 야구선수들의 권익 확립을 위해 "선
수회 선봉장 횃불 앞장서던 그 결기" 때문에 엄청난 곤욕
을 치렀다. 결국은 선수 생활을 단축하게 됨은 물론 이승
을 서둘러 떠나게 된다. 최동원이 있었기에 야구선수가 부
당한 대우를 받는 건수가 줄어들었기에 그는 전체 야구선
수의 은인인 셈이다.
　시조집의 후반에는 불교적인 색채가 농후한 몇 작품이
실려 있다. 그런데 거창한 불교의 교리를 설파하려 들지
않고 인간 세상의 정리情理가 그곳 세계서에도 통한다는
것을 들려준다. 이제 그 작품들을 살펴보기로 하자.

　산문에

들어보면
곳곳이 명당이다

스님께 손 모으고
- 참 좋은 곳입니다

- 좋아서
- 정을 못 끊고
- 여기 살고 있습니다
　　　　　　　　　—「못 떠나는 이유」 전문

　사람은 경치에도 정을 붙이고 산다. 낯익은 나무와 바
위, 법당과 마당, 탑과 길이 마음을 편하게 한다. 고향도 마
찬가지일 것이다. 번잡한 대처에서의 생활에 지치면 언젠
가는 찾고 싶은 고향이어서 "용수철 귀소본능 그대로 닮은
채로"(「가계부 주차장」) 같은 표현을 강구해 썼을 것이다.

　해인사 난간 아래
　몽글몽글 피어 있던
　객승이 알려주신
　꽃 이름 잊지 않아
　오뉴월 꽃 피는 계절 그 스님이 떠오른다

꽃처럼 살아가기
어렵고 어렵지만
끝내는 가야 할 길
헤매는 길이란다
지금은 불두화처럼 꽃 피우고 계실까
　　　　　　　　　—「불두화」전문

　불두화는 한자로 '佛頭花'라고 쓴다. 해인사 난간 아래
서 객승이 알려준 꽃 이름을 그 절의 스님은 잊지 않고 계
실 것이다. 길 道, 즉 길이란 道다. 길을 간다는 것은 도를
닦는다는 것이다. 우리 모두 "꽃처럼 살아가기/ 어렵고 어
렵지만/ 끝내는 가야 할 길"이 있다. 길을 나서면 헤매겠지
만 어쩌겠는가. 길을 걸어가야만 하는 것이 우리의 운명이
고 그것이 인생행로인 것을. 사람 사이의 정을 강조한 시
조로는「쌈 한 입 건네다」「노랑 버스」「귀 닳은 주걱」「볼
트와 너트」「노부부 시골 장날」등 10편이 넘는다.
　지금까지 해설자는 박홍재 시조시인이 꼼꼼히 살펴보
면서 걸어갔던 길을 주마간산 격으로 보면서 여기에 이르
렀다. 앞으로 제4, 제5 시조집을 내는 과정에서 이 땅의 소
중한 시조시인으로 평가될 것을 믿으면서 해설 쓰기를 이
쯤에서 멈추고자 한다.

핑계에도 거리가 있다

2025년 8월 18일 초판 1쇄 인쇄
2025년 8월 25일 초판 1쇄 발행

지은이 | 박홍재
펴낸이 | 孫貞順

펴낸곳 | 도서출판 작가
(03756) 서울 서대문구 북아현로6길 50
전화 | 02)365-8111~2 팩스 | 02)365-8110
이메일 | cultura@cultura.co.kr
홈페이지 | www.cultura.co.kr
등록번호 | 제13-630호(2000. 2. 9.)

편집 | 손희 김치성 설재원
디자인 | 오경은 이동홍
영업 | 박영민
관리 | 이용승

ISBN 979-11-94366-88-1(03810)

* 잘못된 책은 구입하신 서점에서 바꾸어 드립니다.

▶ 부산광역시 BUSAN METROPOLITAN CITY 부산문화재단 BUSAN CULTURAL FOUNDATION

* 본 도서는 2025년 부산광역시, 부산문화재단 〈부산문화예술지원사업〉으로
  지원을 받았습니다.

값 12,000원